Franz Lengfehlner

Der Wendepunkt der Philosophie in Kant; Dogmatismus und Kriticismus

Antigonos

Franz Lengfehlner

Der Wendepunkt der Philosophie in Kant; Dogmatismus und Kriticismus

Unveränderter Nachdruck der Originalausgabe von 1870.

1. Auflage 2024 | ISBN: 978-3-38614-431-5

Antigonos Verlag ist ein Imprint der Outlook Verlagsgesellschaft mbH.

Verlag: Outlook Verlag GmbH, Zeilweg 44, 60439 Frankfurt, Deutschland, info@outlook-verlag.de
Vertretungsberechtigt: E. Roepke, Zeilweg 44, 60439 Frankfurt, Deutschland
Druck: Libri Plureos GmbH, Friedensallee 273, 22763 Hamburg, Deutschland

Das

Princip der Philosophie:

Der Wendepunkt in Kant — Dogmatismus und Kriticismus.

(I. Hälfte.)

Programm

der

königl. Studien-Anstalt zu Landshut im Schuljahre 1869/70.

Verfaßt

von

Dr. Franz Tengfehlner,
l. Studienlehrer.

Druck der Jof. Thomann'schen Officin.

Alle Wissenschaften, mögen sie, unter einander verglichen, auch noch so verschiedene Gegenstände behandeln, kommen doch alle darin überein, daß sie die Wahrheit erfassen, darstellen und lehren wollen. Also das letzte und wichtigste Ziel, das jeder Wissenschaft als solcher nothwendig vorschwebt, ist die Wahrheit; und mögen auch die einzelnen Wissenschaften, wie aus einem Bedürfnisse des Lebens entsprungen, so auch zunächst und unmittelbar auf dessen Befriedigung gerichtet sein: so erreichen sie dieses nächste und unmittelbare Ziel dennoch selbst nur wieder mittelbar, wenn und insoferne sie nämlich jenes Endziel — die Wahrheit — erreichen.

Es frägt sich nun, was ist in jeder Wissenschaft wahr, oder worin besteht für jede Wissenschaft die Wahrheit? Und darauf lautet die Antwort ganz allgemein: Die Wahrheit besteht in der Uebereinstimmung des subjectiven Erkennens (oder des erkennenden Subjects) mit dem objectiven Sein (oder dem zu erkennenden Object).

Alle Wissenschaft beruht demnach auf einer doppelten Voraussetzung: erstens daß es außer den erkennenden Subjecten ein Sein gebe, in welchem ein objectiver Verstand, ein Verständliches, ausgeprägt ist, das unabhängig von ihrem Denken und Erkennen an sich so ist, wie es ist, und sich weder durch ihr Erkennen noch Verkennen in diesem seinen Ansich ändere. — Also die erste Voraussetzung ist, daß ein von unserm Denken unabhängiges, dennoch aber erkennbares Object existire.

Zweitens ist vorausgesetzt, daß das Subject wahren, wirklichen Verstand habe, oder daß der subjective Verstand des Menschen fähig sei, jenen objektiven, in den Dingen ausgeprägten Verstand oder die Dinge ihrem wahren Wesen nach zu erkennen.

Diese doppelte Voraussetzung ist, soll es überhaupt eine Wissenschaft geben, schlechthin nothwendig. Denn ohne die erste ist wohl eine subjective Geistesthätigkeit — ein Dichten und Phantasiren, eine willkührliche Combination von Vorstellungen, aber kein wirkliches Wissen — ohne die zweite weder objectives Wissen, noch subjective Denkthätigkeit möglich — in letzterm Falle wäre mithin der Geist als solcher aufgehoben.

Beide Voraussetzungen treffen aber nur dann ein, wenn der in den Dingen sich darstellende objective Verstand und der zu erkennen strebende subjective Verstand durch ein Drittes, an sich weder das Eine noch das Andere, sondern beides auf gleiche Weise Seiendes, also Höheres, vorher in Uebereinstimmung gesetzt sind, oder wenn zwischen ihnen eine harmonia praestabilita statt findet.

Die einzelnen (theoretischen) Wissenschaften brauchen nun bis auf dieses Dritte nicht zurückzugehen, sondern unter jener allgemeinen Voraussetzung einer objectiven Wahrheit und eines gesunden Menschenverstandes bringt jede in ihrer Sphäre Wissen zu Stande und liefert so durch die That (praxi) einen indirecten Beweis für die Wahrheit jener Voraussetzung (Empirismus im guten Sinne).

1*

Es grenzt sich aber jede ihre Sphäre ab, entsprechend jenen beiden Voraussetzungen,
innerhalb zweier Hauptgruppen: die deductiven auf Seite des erkennenden Subjects, die inductiven
auf Seite des zu erkennenden Objects.

Eintheilung der Specialwissenschaften in deductive und inductive:

Die deductiven oder constructiven, die nur durch und für das Denken bestehen, sind
formelle, aber ebendeßhalb auch vollendete oder exacte Wissenschaften, indem der Verstand sie aus
letzten, einfachsten Begriffen (Axiomen und Postulaten), die, wie man es gewöhnlich ausdrückt,
von selbst einleuchten, ableitet (deducirt), sie also wie aus ihrem Mittelpunkt heraus in die ganze
Fülle ihres Inhalts nach allen Seiten entwickelt (construirt).

Entsprechend den drei möglichen Formen der menschlichen Denkthätigkeit: der nach Außen,
nach Außen und Innen zugleich und nur nach Innen gewendeten, giebt es deren drei. a) Seiner
Tendenz außer sich (äußerem Sinn), welche, vorherrschend centrifugal, limitirt wird durch Centripetie
(gemessen durch die Zeit), entspricht die Geometrie als Construction des Raumes oder der stetigen
Größe, ausgehend vom centrifugalen (fließenden) Punkt oder der Linie. b) Dem centripetalen
Zuge des Zurückstrebens aus dem Außen nach Innen (innerem Sinn), gehalten durch Centrifugenz
als graduelles Stehenbleiben oder Setzen von Mittelpunkten (Momenten) entspricht die Arithmetik
als Construction der Zeit, ausgehend von dem an sich gehaltenen Punkt oder der discreten Einheit
(Zahl). c) Der vollständigen Richtung auf sich nach der Rückkehr aus dem Außen in der Selbst-
erfassung oder Concentration in sich (Geistigkeit) entspricht die Logik als Construction des Denkens
aus den Denkgesetzen durch Zurückwendung (Reflexion) auf sich selbst.

der deductiven in Geometrie, Arithmetik, Logik;

Auch die inductiven theilen sich so: a) Naturwissenschaft (Physik im weiteren Sinn)
macht die im Raume neben einander existirenden äußeren Erscheinungen des nothwendigen
Gesetzen unterworfenen Seins zu ihrem Gegenstand, um von ihnen auf das Wesen zu schließen.
b) Geschichtswissenschaft (Historik) betrachtet die nach einander in der Zeit auftretenden Ver-
änderungen oder Zeitereignisse insbesonders jene, die aus der Wechselwirkung zwischen den aus
dem freien Grunde der Seele entspringenden Handlungen und den nothwendigen Naturgesetzen
hervorgehen. c) Sprachwissenschaft (Linguistik) führt die einzelnen Spracherscheinungen aus ihrer
Willkührlichkeit und Veränderlichkeit auf die ihnen zu Grunde liegenden Urformen (Wurzeln und
Laute) zurück und stellt den aus ihnen hervorgewachsenen Organismus als die verkörperte Logik
oder als des ewigen Geistes gleiches Ebenbild dar.

der inductiven in Physik, Historik, Linguistik.

Während es demnach die deductiven lediglich mit den Anschauungs- und Denkformen des
subjectiven Geistes selber zu thun haben, haben die inductiven die Erscheinungswelt oder das Gebiet
der äußeren Erfahrung zum Inhalt und heißen deßhalb auch positive Wissenschaften.

Indem diese zuerst durch den Sinn mit ihrem Object in unmittelbare Berührung treten,
sind sie ursprünglich ebenso mannigfaltig, wie ihr Object selbst, und es bedarf des unterscheidenden
Geistes, um die unendliche Vielheit zu umgrenzen, der aber auf dieser ersten und untersten Stufe
selbst nur nach äußerlichen Merkmalen verfährt, zufrieden damit, das thatsächlich Vorliegende auf
dem Boden des Thier-, Pflanzen- und Mineralreiches, oder im Erfahrungsbereich einzelner Orte
und Individuen, oder im Wort- und Formenschatz einzelner Sprachen zu sammeln und zu schichten,
wodurch Naturgeschichte (-lehre), Chronik und Biographie, Sprachlehre im vulgären Sinn, kurz
das entsteht, was man Gedächtnißwissen nennt.

Gedächtnißwissen.

Sowie nun der Geist versucht, entweder aus dem Aeußerlichen mehr ins Innere einzudringen und zu erforschen, wie z. B. Thiere und Pflanzen innerlich beschaffen sind (Physiologie),
aus welchen Stoffen die Mineralien oder todten Organismen bestehen und wie jene auf einander

reagiren (Chemie), welche Kräfte in der Natur wirksam sind (Physik in engerem Sinn) u. s. w.; oder die engen Schranken der Chronik oder der Vulgärsprachlehre zu durchbrechen und durch Vergleichung mehrerer allgemeinere und höhere Gesichtspunkte zu erschließen (Induction): so ist der Anfang zu dem gemacht, was man als Natur=, Geschicht=, Sprachforschung bezeichnet. *Forschung.*

Es zeigt sich aber alsbald, daß innerhalb der inductiven Wissenschaften nur insoferne ein Fortschritt zu ihrem Ziele stattfindet, als sie die deductiven (theils sämmtliche, theils einzelne) zu ihrem Organ und Werkzeug machen, um mittelst derselben die einzelnen Erscheinungen auf allgemeine Gesetze (Grundsätze) zurückzuführen. *Die deductiven Instrument der inductiven.*

Aber auch das zeigt sich, daß sie ebensowenig wie durch bloße Ansammlung der Erfahrungen (Empirie) durch Anwendung der deductiven im Stande sind zu immer höheren Grundsätzen aufzusteigen und schließlich ihre Vollendung durch Aufstellung eines letzten allgemeinen Satzes (Principes), woraus sich alle anderen innerhalb der betreffenden Disciplin ableiten lassen, zu erreichen.

Dies ist nur möglich, wenn ein Drittes als Leuchtstern vorschwebt, welches weder einseitig subjectiv, noch einseitig objectiv, sondern beides zumal ist — die Idee oder geniale Hypothese. Diese ist aber Sache des intuitiven oder speculativen Geistes, welcher des großen Weltenbuches verwandte Geistessignatur entziffert. *Die Idee.*

Die inductiven Wissenschaften erreichen also ihr Ziel nur, insoferne es ihnen gelingt je für ihre besondere Sphäre den letzten Grundsatz aufzustellen, von wo aus es ihnen möglich wird, gleich den exacten, selber deductiv zu verfahren. *Vollendung der inductiven Wissenschaften.*

Gesetzt aber, es hätten sämmtliche Wissenschaften bereits ihre Vollendung erreicht und jede wäre auf einem letzten Grundsatz aufgebaut, so bestände dennoch zwischen diesen letzten, ganz verschiedenen Grundsätzen keinerlei Zusammenhang. Sollen sie nun nicht zusammenhanglos auseinander fallen, sondern sollen alle mitsammen Ein System, einen Kosmos des Wissens ausmachen, was die menschliche Vernunft unabweislich verlangt: so muß es auch eine Wissenschaft geben, welche als Centralwissenschaft die isolirten peripherischen Grundsätze verbindet und alle von einem letzten einheitlichen Princip ableitet. *Centralwissenschaft:*

Diese Wissenschaft heiße nun **Philosophie im engeren Sinn oder Metaphysik:** so ist klar, daß diese Philosophie den letzten Grundsatz (= Grundsetzung) aufzuzeigen hat, der wie er alles Andere begründet und erweist, so sich selbst unmittelbar durch sich selbst begründen und erweisen muß, aus dem, wie er aus sich selbst entspringt, auch alles Andere entspringt, und der deßhalb Grund der Gründe oder das Princip κατ' ἐξοχήν heißt. *Metaphysik.* *Das Princip κατ' ἐξοχήν.*

Wie es nun in der Natur der Axiome überhaupt liegt, daß sie in der betreffenden Wissenschaft nicht mehr weiter bewiesen werden, sondern sich selbst in der Art unmittelbar beweisen, daß sonst diese Wissenschaft und ihr Gegenstand undenkbar wäre und gar nicht existirte: so muß das Princip der Philosophie in der Art das Unmittelbarste, an und für sich Evidente sein, muß hier Sein und Wissen in der Weise in Eins zusammenfallen, daß durch die Läugnung oder Aufhebung desselben das subjective Wissen und Sein sich selbst aufhöbe, daß vor ihm, wie vor der unnahbaren Gorgo der Minerva aller Zweifel (Skepsis) in sich erstarret und verstummet.

Dieses letzte voraussetzungslose Princip kann nun nichts Anderes sein, als jenes Dritte, über beiden Stehende, wovon alles Erkennen und Sein ausgeht, wodurch, weil es Subjectivität und Objectivität durch eine harmonia praestabilita in Uebereinstimmung gesetzt, allein für den Menschen Wissenschaft und Wahrheit möglich, und welches selbst das lebendige Wissen, die absolute, persönliche Wahrheit ist, da in ihm allein Erkennendes und Seiendes nicht außer einander als *Durch das Princip die harmonia praestabilita.*

Subject und Object für sich bestehen, sondern in absoluter Einheit ein absolutes identisches Wesen ausmachen.

Das Princip der Keim- und Mittelpunkt jeder Philosophie.

Dieses Princip nun, welches in jedem Menschen in unmittelbarster Erfahrung sich erweisen muß, weil er nur vermöge dieses erkennen und sein kann, wurde auch von der Philosophie seit ihrem Entstehen mit mehr oder minder klarem Bewußtsein gesucht; ja aus diesem Suchen nach dem letzten unveränderlichen Princip ist die Philosophie geboren.

Eins der Elemente als Princip.

Die Zahl als Princip.

Das intelligible Sein als Princip.

Die jonischen Naturphilosophen (Thales, Anaximander, Anaximenes, sowie die ihrer Grundrichtung nach hieher gehörenden, wenn auch von eleatischer Lehre beeinflußten Herakleitos und Empedokles) und die Atomisten (Leukippos und Demokritos), die Pythagoreer (Pythagoras und seine Schule) und die Eleaten (Xenophanes, Parmenides, Zeno), sie alle suchten es festzuhalten entweder in einem der steten Veränderung der Sinnenwelt zu Grunde liegenden beharrenden Urstofflichen; oder in Zahl und Maß, wodurch dem sinnlichen Stoff das ideale Gepräge aufgedrückt und so Erfahrung erst ermöglicht wird; oder in dem durch die Vernunft gegebenen reinen und unwandelbaren oder intelligiblen Sein.

Der Geist (νοῦς) als Princip.

Die Idee des Guten (Gott) als Princip.

Der absolute Geist (νόησις νοήσεως = Gott) als Princip.

Seit aber Anaxagoras den göttlichen νοῦς oder den Geist, der als χωριστός für sich ist, über das bloße Seiende gesetzt, wurde von Sokrates, Plato, Aristoteles und allen großen Denkern Gott an die Spitze gestellt, und dazu fand man sich berechtigt, weil die in allen Menschen sich findende Idee eines höchsten Wesens für die unmittelbarste und allgemeinste Erfahrung galt und so aus dem consensus omnium gentium auf das Dasein Gottes geschlossen wurde. Aber den eigentlichen letzten Punkt, aus dem diese Erfahrung unmittelbar entquillt, vermochte man nicht aufzuzeigen und in klarem Bewußtsein festzuhalten; und da denn auch dieser Beweis für das Dasein Gottes selbst nur ein erschlossener, kein unmittelbarer war: so konnte der Skeptiker einwenden, es sei dies nur eine allgemein verbreitete subjective Einbildung, der kein Object entspreche — eine leere Träumerei.

Und so gewährt denn die ganze Reihe der großartigsten Systeme, mögen auch die Ideen eines Sokrates, Plato, Aristoteles und anderer großen Denker vor und nach ihnen unsterblich fortleben, so lange begeisterte Männer nach einem Ewigen streben und in sich einen Drang fühlen, der über die Thierheit hinausweist, dennoch äußerlich den Schein des Vergänglichen und Nichtigen,

Das Unbeständige der Systeme.

weil kein System als solches in seiner Totalität nach Form und Inhalt stehen geblieben ist, sondern jedes nachfolgende das vorhergehende theilweise widerlegt und aufgehoben hat.

Das Beständige in denselben.

Dem tiefer Blickenden, der es vermag, durch diese äußere Form auf das Wesen einzudringen, entgeht es freilich nicht, wie dennoch ein innerer, nothwendiger Zusammenhang in der Aufeinanderfolge aller Systeme sich darstelle, wie keine einzige große Idee, einmal ausgesprochen, dem menschlichen Geschlechte wieder verloren gegangen, und wie jeder wahre Gedanke, mochte er im Geiste des ursprünglichen Erfinders nur wie ein lichter Punkt erscheinen, immer mehr Umfang gewinnt, und wie dem immer mehr sich ausbreitenden Lichte der Wahrheit endlich Finsterniß und Irrthum weichen müssen.

Grund jener Unbeständigkeit.

Jener äußere Widerstreit der Systeme beruht aber selbst eben darauf, daß Keiner, so sehr er auch selbst von der Gewißheit und Realität jener Ideen aus innerer Erfahrung und Anschauung überzeugt sein mochte, den letzten Punkt der Erfahrung, aus dem alle Realität unmittelbar entquillt, und woraus alle wahren Ideen sich unmittelbar herleiten, in klarer, bewußter Reflexion festzuhalten vermochte.

Dies mußte aber so lange unmöglich bleiben, so lange man sich nicht darüber klar geworden war, daß jene **harmonia praestabilita**, von der wir oben gesprochen, auf eine zweifache Art denkbar sei: entweder so, daß unſer Erkenntnißvermögen (die ſubjective Vernunft) ſich nach den Dingen richte (als ſei in ihnen das Geſetz des Denkens und Erkennens präformirt) — oder ſo, daß die Dinge ſich nach unſerm Erkenntnißvermögen richten müſſen.

Durch das ganze Alterthum hindurch und durch das Mittelalter herab bis in die neuere Zeit — bis auf Kant — war die erſtere Annahme die ohne weiters zugeſtandene und feſtgehaltene, indem man, wie es ſcheint, allgemein dafürhielt, daß mit dem Satze: „Die Dinge müſſen ſich nach unſerm Erkenntnißvermögen richten" die erſte Grundvorausſetzung jedes objectiven oder wirklichen Wiſſens wegfallen müſſe — nämlich jene Grundvorausſetzung, daß ein von unſerm Denken unabhängiges Object exiſtire.

Dieſe zuerſt in der Philoſophie aufgetretene Anſicht iſt ausgedrückt in dem Satze des Ariſtoteles: „Nihil est in intellectu, nisi quod ante fuerit in sensu"; und nimmt man ihn ſammt dem Zuſatze, den erſt Leibnitz hinzugefügt: „nisi intellectus ipse": ſo iſt durch dieſe einzige Formel die Erkenntnißtheorie der ganzen erſten Epoche der Philoſophie bis auf Kant charakteriſirt.

Man nahm alſo an, die Dinge machen Eindruck auf unſere Sinne und bringen ſo Vorſtellungen hervor, welche von dem Gedächtniß feſtgehalten und von dem Verſtand geordnet und verknüpft werden — ſo entſtehe die Wiſſenſchaft der ſinnlichen Dinge. Unſer Wiſſen erſtreckt ſich aber auch über das Gebiet des Sinnlichen hinaus ins Ueberſinnliche, weil uns, ſo ſetzte man voraus, die Ideen Gottes, der Freiheit und Unſterblichkeit in der Vernunft angeboren ſeien.

Wie aber gänzlich von einander verſchiedene Dinge — nämlich Geiſt und Ding an ſich — auf einander einwirken können, was der Geiſt mit ſeinen Vermögen: Gedächtniß, Verſtand, Vernunft, Wille ꝛc. ſelbſt wieder ſei, ob nicht auch wieder ein Ding an ſich, wie die allgemein giltigen, jedem angeboren ſein ſollenden Ideen dennoch von Vielen entweder nicht gewußt, oder geläugnet, oder als ſubjective Fiction dargeſtellt werden konnten: alles dieſes vermochte man auf keine Weiſe genügend zu erklären. Aber dennoch blieb man bei dieſer Anſicht und baute darauf Syſteme — Dogmatismus im weiteren Sinne.

Es lag aber in der Natur der Sache, daß im Gegenſatz zu dieſen unerwieſenen Vorausſetzungen als poſitivem Pol ſich immer von ſelbſt ein negativer Pol — der Skepticismus — einſtellte, und ſo finden wir denn in der That mit dem Dogmatismus den Skepticismus parallel laufen von des Anaxagoras und Sokrates Zeitgenoſſen, den Sophiſten, an durch die alten und neuen Skeptiker herab bis in die Zeiten Hume's und Kant's.

Hume's Vorgänger war Locke, ein empiriſtiſcher Dogmatiſt. Dieſer unterwirft die menſchliche Erkenntnißkraft einer Unterſuchung, aber nicht, wie er ſich ausdrückt, einer phyſiſchen, worin ihr Weſen beſtehe, ſondern er beſchränkt ſich lediglich auf die Vorgänge innerhalb des Verſtandes beim Erkenntnißacte. Der Intellect iſt nämlich, gleich den Augen, Urſache, warum wir alles Andere wahrnehmen. Alles Wahrgenommene aber, oder das, was dem denkenden Geiſte ſich darſtellt, nennt er Idee. Angeborene Ideen giebt es nicht, weder theoretiſche (ſonſt müßten ſie auch bei den Kindern), noch praktiſche (ſonſt müßten ſie auch bei den Wilden allgemein gekannt und anerkannt ſein), ſondern der Geiſt iſt urſprünglich wie ein weißes Blatt Papier (tabula rasa), welches die geſchäftige Phantaſie mit beinahe unzähligen Ideen beſchrieben hat. Dieſe alle ſtammen mit Einem Worte aus der Erfahrung, die aus zwei Quellen fließt, erſtens der Senſation (Empfindung,

Wahrnehmung durch den äußeren Sinn), zweitens der Reflexion (Zurückwendung des Verstandes auf seine eigene Thätigkeit, innerer Sinn), wobei sich der Verstand lediglich passiv verhält, wie das mattgeschliffene Glas der camera obscura.

Das Vermögen der Dinge Ideen in uns hervorzurufen nennen wir deren Qualitäten. Diejenigen, welche von denselben nicht getrennt werden können, sondern unter jeder Veränderung ihnen beharrlich anhaften (wie z. B. ein Weizenkörnchen, wenn ich es noch so oft verkleinere, dennoch immer wieder als a u s g e d e h n t, unburchbringlich, äußerlich umgrenzt (geformt), bewegbar erscheint), heißen erste Qualitäten. Diejenigen dagegen, welche in den Gegenständen selbst nichts sind, als ein Vermögen durch die ersten Qualitäten, nämlich ihre Masse, Gestalt, Structur, Bewegung, in uns verschiedene Empfindungen hervorzurufen, z. B. Farben, Töne, Geschmack ꝛc., heißen zweite, wozu als dritte Gattung noch die bloßen Vermögen auf andere Gegenstände einzuwirken oder von ihnen Einwirkung zu erleiden gerechnet werden können.

Die ersten Qualitäten sind wirkliche Aehnlichkeiten der Dinge, weil sie ihnen anhaften, ob sie von uns wahrgenommen werden oder nicht. Die zweiten besagen nur ein gewisses Verhältniß zu unserem Sinn; der Gegenstand für sich ist ebensowenig blau (z. B. bei Nacht) außer durch Aetherschwingungen für unser Auge, als tönend (z. B. im luftleeren Raum) außer durch Luftschwingungen für unser Gehör — sie gelten nur für Aehnlichkeiten, liegen aber lediglich in uns. Die dritten sind weder, noch gelten sie als Aehnlichkeiten; wenn z. B. die Sonne das Wachs weich macht und bleicht, so ist sie deßwegen selber weder weich noch bleich.

Qualitäten sind also die Modificationen der Materie in den Körpern, welche Vorstellungen in uns hervorrufen; Ideen sind die Vorstellungen dieser Modificationen in unserm Verstand.

Die Dinge rufen durch ihre Einwirkung (Impuls, Impression) Ideen in uns hervor und zwar dadurch, da sie in die Entfernung ohne Berührung nicht wirken können, daß gewisse nicht wahrnehmbare Körperchen zu unsern Augen gelangen und so auf das Gehirn einen Eindruck machen, wodurch die Ideen in unsern Geist eingezeichnet werden. Durch Aufmerksamkeit und Wiederholung werden sie im Gedächtniß festgehalten.

Die einfachen Ideen sind daher wirkliche Abbilder der Dinge, bei deren Aufnahme der Verstand gänzlich passiv ist und deren er keine selbst hervorbringen oder zernichten kann. Ihnen entspricht die Wirklichkeit und aus ihnen, deren nicht viele sind, werden, wie aus den 25 Buchstaben die unzähligen Wörter, die sämmtlichen Erkenntnisse zusammengesetzt. Hierin zeigt sich die Activität oder Macht des Geistes, indem er entweder a) mehrere einfache Ideen zu Einer zusammensetzt, oder b) zwei aufeinander beziehend vergleicht, oder c) sie von allen anderen in der Wirklichkeit sie begleitenden absondert (abstrahirt).

Die zusammengesetzten Ideen zerfallen in drei Classen: a) Modi (Begriff der Abhängigkeit von und Zuständlichkeit in Anderem, z. B. Dankbarkeit, Schönheit ꝛc.), b) Substanzen (B. d. Selbständigkeit z. B. Mensch, Pferd ꝛc.), c) Relationen (B. d. Wechselbeziehung z. B. Gemahl, Sohn, größer, kleiner ꝛc.).

Die zusammengesetzten Ideen stammen nicht von den Dingen selbst, sondern sind Gebilde unseres Verstandes. Es kann ihnen also auch keine Realität entsprechen. Dennoch müssen wir dem Substanzbegriff Wirklichkeit zuschreiben. Wir bemerken nämlich, daß von den durch Sensation oder Reflexion uns gelieferten einfachen Ideen eine bestimmte Anzahl beharrlich mit einander verbunden werden als wären sie Eins, die wir dann, weil sie als Ein Subject aufgefaßt und mit Einem Namen benannt werden, obschon sie ein Zusammengesetztes vieler einfachen Ideen sind, dennoch aus Gewohnheit für Eine einfache Idee nehmen.

Betrachten wir z. B. die durch die Sensation uns gegebene Idee „Schwan", die zusammengesetzt erscheint aus denen von: weiße Farbe, langer Hals, rother Schnabel, schwarze Beine, Schwimmenkönnen u. s. w.; oder die durch die Reflexion gegebenen: Denken, Wollen, Selbstbewegung: so begreifen wir in dem einen wie in dem anderen Falle nicht, wie sie einzeln durch und für sich bestehen könnten, finden uns vielmehr genöthigt, ihnen etwas unterzulegen, dem sie angehören und woraus sie entspringen, und erhalten so den Begriff sowohl der materiellen, als auch der immateriellen oder geistigen Substanz. Immer aber ist diese Substanz oder das, was die einzelnen Qualitäten an sich trägt, etwas rein Imaginäres, wovon wir nur eine dunkle oder vielmehr gar keine Idee haben, das uns völlig unbekannt bleibt — was wir kennen, sind immer nur die Qualitäten oder Accidenzen. Eben deßhalb können wir die Substanzen nicht nach ihrem Wesen, sondern nur nach ihren Eigenschaften eintheilen und da zerfallen sie in denkfähige und nicht denkfähige.

Werden die Ideen noch weiter (wie die Wörter zu Sätzen) verbunden, so giebt die Idee ihrer Uebereinstimmung oder ihres Widerstreites eine Erkenntniß. Entspricht dem Verhältniß der Ideen das Verhältniß der durch sie vorgestellten Dinge (ihrer Ideate), so ist die Erkenntniß real, sonst verbal. — Also Locke.

Nach ihm kam Hume, der Skeptiker. Der Grundsatz, daß alle Erkenntniß aus der Erfahrung stamme, daß die ersten Elemente derselben, die einfachen Vorstellungen (perceptions), passiv von uns empfangen werden, steht auch ihm fest. Auch die beiden Quellen der Ideen bei Locke behält er bei, zeigt aber, daß, da jede durch Reflexion wahrgenommene Thätigkeit (z. B. Denken, Wollen, Lust, Schmerz) durch Eindrücke der Sinnenwelt hervorgerufen worden, die Impressionen und Ideen der Sensation als die originalen denen der Reflexion vorangehen. Deßgleichen nimmt er den Unterschied an zwischen demonstrativer (rationeller) Wahrheit, bei der es sich nur um Uebereinstimmung zwischen zwei in einem (bejahenden) Satze verbundenen Ideen (z. B. in der Mathematik) handelt, und thatsächlicher (realer), bei der es auf Uebereinstimmung mit einer Impression ankommt.

Indem er aber auf die beiden Wissenschaften, die thatsächliche Wahrheiten enthalten sollen — auf die Natur- und Geisteswissenschaft — übergeht, weist er nach, daß es damit schlimm bestellt sei, indem, weil sie mit Gebilden des Verstandes operiren, ihnen nichts Reales entspreche, daß es also überhaupt kein reales Wissen, sondern nur Vorstellungen gebe.

Alles Wissen beruht auf Sätzen oder Urtheilen, das Urtheil selbst aber besteht in der Zusammenfassung zweier Begriffe oder Vorstellungen zu einer Einheit und geschieht nach dem Gesetze der Identität (Inhärenz und Subsistenz), oder des zureichenden Grundes (Causalität und Dependenz), indem ein Ding entweder gleichgesetzt wird seinem Begriff oder seinen Eigenschaften, oder ein Ereigniß, eine Wirkung aus ihrer Ursache erklärt wird. Diese beiden Regeln aber, nach denen wir unsere Vorstellungen verknüpfen, stammen nicht aus der Objectivität, sondern aus unserm subjectiven Denkvermögen, oder wie er sagt, aus dem Gedächtniß.

Nur die einzelnen Vorstellungen sind durch die Impressionen der Dinge gegeben und zwar entweder zumal neben einander, oder successiv nach einander; von einem nothwendigen und wesentlichen Zusammenhang dieser Vorstellungen selbst giebt es keine Impression.

Und doch beruht all unser Erkennen und Wissen nur auf diesem nothwendigen Zusammenhang. Nur wenn die mancherlei Vorstellungen oder Eigenschaften, die wir in der Vorstellung Eines Dinges zusammendenken und von ihm als dem Subject sie als sein Wesen (Prädicat) im Urtheile aussagen, auch objectiv wirklich Ein Ding (eine Substanz) sind, das also gleichzeitig nicht eine, sondern eine vielfältige Impression auf uns ausübt; nur wenn ferner von zwei Dingen, von denen wir das eine als Ursache des anderen vorstellen, auch objectiv und in Wirklichkeit das eine das andere nothwendig hervorruft, so daß, wenn das eine gegeben ist, das andere ohne weiters folgt (Causalität): nur unter dieser Bedingung der Substanzialität und Causalität ist ein Wissen möglich.

So verhält es sich aber nach der dem empirischen Dogmatismus zu Grunde liegenden Voraussetzung, wie Hume evident beweist, durchaus nicht.

Denn wenn unser Erkenntnißvermögen in nichts anderem besteht, als in der Fähigkeit, die Impressionen der Dinge aufzunehmen und die dadurch gegebenen Vorstellungen (im Gedächtniß) festzuhalten: so ist durchaus kein nothwendiger und wesentlicher Zusammenhang zwischen den einzelnen Vorstellungen vorhanden. Durch die Impressionen werden nur die einzelnen Vorstellungen durchaus zufällig und zusammenhangslos hervorgerufen. Daß wir aber einen wesentlichen Zusammenhang zwischen einzelnen herausfinden wollen, z. B. das Causalitätsverhältniß: ist Sache unseres subjectiven Vorstellungsvermögens, subjective Zuthat, also ohne objective Bedeutung und Giltigkeit.

Also auch der Satz: „Wenn es regnet, wird es naß", dürfte dann nicht mehr allgemeingiltig ausgesprochen werden. Denn wenn er sich bisher auch in der Erfahrung stets bestätigt hat, so müßte ich doch erst abwarten, ob er sich auch in der Zukunft wieder bestätigen werde; denn mein Erkenntnißvermögen muß sich schlechthin nach den Impressionen der Dinge richten, ich kann also immer nur a posteriori ein Urtheil aussprechen, daß es sich so verhalten hat, niemals aber a priori, daß es sich immer so verhalten muß. Es ist ja das Causalitätsgesetz kein Ding, das auf mich eine Impression machen könnte, so daß es objectiv giltig wäre, sondern es ist ein Verhältniß zwischen zwei Vorstellungen, die ich (das Subject) hineintrage — also objectiv nicht giltig.

Es giebt also keine Erkenntniß a priori, daher keine Gewißheit, sondern nur Wahrscheinlichkeit.

Es giebt also keine nothwendig und allgemein giltigen Sätze, und da nur auf der Nothwendigkeit und Allgemeinheit der Charakter der Gewißheit und des Wissens beruht: so giebt es auch keine Gewißheit, sondern nur Wahrscheinlichkeit, kein apriorisches, sondern nur aposteriorisches Wissen.

Nicht minder grell offenbart sich die Bodenlosigkeit der Skepsis, in die man mit jener Voraussetzung des Dogmatismus geräth, der hier in seiner letzten Consequenz als purer Materialismus sich herausstellt, wenn auch auf das durch das Identitätsgesetz ausgedrückte Verhältniß von Subsistenz und Inhärenz eingegangen wird.

Nur jene Vorstellungen sind wahr, lautet die Voraussetzung, die unmittelbar durch die Impression der Dinge gegeben sind. Es kann aber jedem Ding, wenn es an sich eine Einheit ist, nur eine Impression und nur eine Vorstellung entsprechen. Wir stellen aber unter jedem Dinge eine Mehrheit von Inhärenzen (Eigenschaften) vor, oder fassen eine Mehrheit von Vorstellungen in einem Urtheil zusammen, wenn wir z. B. sagen: Das Gold ist schwer, dehnbar, schmelzbar, gelb, glänzend, undurchsichtig, oxydirt nicht u. s. w. Alle diese Eigenschaften zusammen constituiren das Gold und sind das Wesentliche desselben, so daß, wenn wir eine derselben weglassen, wir auch von Gold nicht mehr reden können. Jeder dieser Vorstellungen muß also eine äußere Impression entsprechen. Daß wir aber alle diese Vorstellungen zusammen in der Weise verknüpfen, als ob sie nicht neben- und auseinander jedes etwas für sich, sondern alle mit- und ineinander nur e i n e n Gegenstand — hier das Gold — ausmachten, muß nach dieser Voraussetzung als Gebilde unserer subjectiven Vorstellungskraft (Phantasie) erklärt werden, die mehreren einzelnen oder einfachen Vorstellungen ein unbestimmtes Etwas als zu Grunde liegend unterschiebt. Denn welche einfache Impression entspricht außer dem Gelb, Undurchsichtig ꝛc. jenem Etwas, das wir Gold nennen? Es ist offenbar nichts außer seinen Eigenschaften, also entspricht ihm neben jenen Impressionen keine eigene, und folgerichtig ist die Substanz überhaupt außer den Inhärenzen nichts, als lediglich die Schöpfung unserer Einbildungskraft. Man kann demnach auch nicht sagen z. B. das Gold ist schwer, dehnbar, glänzend ꝛc., sondern nur: das Schwere ist schwer, das Dehnbare dehnbar, das Glänzende glänzend u. s. f. Damit sind also alle synthetischen Urtheile, und da auf ihnen als Erweiterungsurtheilen allein das wirkliche Wissen beruht, zugleich a l l e s W i s s e n g ä n z l i c h u n d d u r c h a u s a u f g e h o b e n. Hat somit der Substanzbegriff keine objective Geltung, so fällt auch unser Ich oder Selbst als ein beharrender Träger inhärirender Qualitäten — es ist nichts als ein Complex successiver Vorstellungen, oder vielmehr es giebt nur zufällige Vorstellungen ohne einheitlichen Mittelpunkt — ein Ich, eine Unsterblichkeit der Seele giebt es nicht.

Es giebt keine synthetischen Urtheile, daher kein Wissen.

Es giebt kein Ich (Persönlichkeit).

Wir sind also hier im Verfolg der Annahme „unser Verstand müsse sich nach den Dingen richten" da angelangt, daß wir sagen müssen, alle unsere eigentlichen (synthetischen) Verstandesurtheile sind das Werk unserer Phantasie, somit von den willkührlichen Combinationen im Grunde nicht verschieden — folglich hebt sich mit dieser Voraussetzung alles Wissen und unser eigenes Sein von selbst auf. Wir stehen also bei dem Punkt, wo d a s P r i n c i p d e s D o g m a t i s m u s s i c h f a k t i s c h s e l b s t n e g i r t.

Das Princip des Dogmatismus hebt sich selbst auf.

Blicken wir nochmals auf den Dogmatismus zurück, so ist das Charakteristische desselben, daß er, sowie er als das Bestimmende im menschlichen Wissen, als das, wonach sich unsere Erkenntniß richten muß, die Objectivität annimmt: so auch seine Sätze, den Inhalt des Systems auf einem Princip aufbaut, welches ein rein objectives ist und daher selbst erst bewiesen werden muß.

Das Charakteristische des Dogmatismus.

Diejenigen nun, welche irgend einen sinnlichen Stoff als Princip aufstellten, hatten daran allerdings ein reales, in der Erfahrung sich erweisendes Princip, aber es war nicht das letzte und höchste, und es ließ sich das Geistige und Ethische daraus nicht ableiten.

Diejenigen aber, welche die Idee des Guten oder den Geist oder Gott als Princip aufstellten, hatten wohl den letzten und höchsten Erklärungsgrund erfaßt, dieser erwies sich aber nicht unmittelbar selbst und blieb daher nur ein reiner Begriff oder eine bloße Idee.

Die Gründer dieser Systeme selbst mochten allerdings durch innere Erfahrung von der Realität ihres Princips so fest überzeugt sein, als von dem Dasein einer Außenwelt. Aber sie konnten diese innere Ueberzeugung dem Skeptiker gegenüber, der sie als auf bloßer Erziehung und Angewöhnung, also auf Einbildung beruhend auffaßte, nicht beweisen, weil sie, wie gesagt, den Punkt nicht fanden, wo die Realität dieser Ideen sich so unmittelbar selbst erweist, wie das Bewußtsein einer Welt oder der eigenen Existenz.

Um also die höchsten Probleme der menschlichen Erkenntniß unumstößlich zu beweisen, reichte der Standpunkt des Dogmatismus nicht aus, ja das menschliche Erkennen und Wissen selbst hatte sich wie das eigene Ich auf ihm als nichtig und unmöglich herausgestellt.

Dies erkannte auch Kant, der, wie er selbst eingesteht, durch David Hume in seinem dogmatischen Schlummer unterbrochen und in der Speculation auf eine andere Richtung gelenkt ward.

Kant giebt der Speculation eine andere Richtung.

Auch ihm stand es fest, daß die Caufalität ein Begriff ist, den wir in die Erscheinungen hineinlegen. Dieser Begriff ist also nicht aus der Erfahrung abstrahirt, etwa von der Mehrheit der Fälle und nach der Analogie; sondern er sowohl, als auch die übrigen Stammbegriffe des reinen Verstandes, wie er sie nannte, sind im Wesen der Vernunft gegründet, sind von deren ursprünglichen Functionen abstrahirt.

Aber gab er auch die Voraussetzung zu, daß auf diesen Stammbegriffen des reinen Verstandes allein der nothwendige Charakter des Wissens beruhe, so folgerte er mit Hume doch nicht, daß es also überhaupt kein Wissen gebe, weil er die Voraussetzung nicht zugab, daß unsere Erkenntnißkraft sich nach den Dingen richte.

Er schloß gerade umgekehrt: Weil diese Begriffe nicht aus der Erfahrung, sondern aus der Natur unsers Denkens herrühren, sind sie allgemein und nothwendig giltig. Denn die Erfahrung bleibt sich nicht gleich, ist für jeden anders und liegt niemals abgeschlossen vor uns da. Allgemein giltig und nothwendig ist nur, was aus unserer Vernunft herstammt; denn diese ist nur Eine allgemeine, allen Menschen gemeinsame.

Zum Rang einer Wissenschaft im strengen Sinn haben sich daher auch nur jene Disciplinen erhoben, in denen es gelungen ist, mittels der Vernunft das ihnen zu Grunde liegende Princip aufzufinden und daraus alle möglichen Fälle a priori abzuleiten und zu construiren.

Er stellte daher den Satz auf: Bei dem Erkenntnißacte richten nicht wir uns nach den Dingen, sondern die Dinge richten sich nach unserm Erkenntnißvermögen. Er sagt hierüber in der Vorrede zur 2. Ausgabe der „Kritik der reinen Vernunft": „Bisher nahm man an, alle unsere Erkenntniß müsse sich nach den Gegenständen richten, aber alle Versuche, über sie etwas a priori durch Begriffe auszumachen, wodurch unsere Kenntniß erweitert würde, gingen durch diese Voraussetzung zu nichte. Man versuche es daher, ob wir nicht in den Aufgaben der Metaphysik besser damit fortkommen, wenn wir annehmen, die Gegenstände müssen sich nach unserer Erkenntniß richten, welches so schon besser mit der verlangten Möglichkeit einer Erkenntniß a priori zusammenstimmt, die über Gegenstände, ehe sie uns gegeben werden, etwas festsetzen soll. Es ist hiemit ebenso, wie mit dem ersten Gedanken des Copernicus bewandt, der, nachdem es mit der Erklärung der Himmelsbewegungen nicht gut fortwollte, wenn er annahm, das ganze Sternenheer drehe sich um den Zuschauer, versuchte, ob es nicht besser gelingen möchte, wenn er den Zuschauer sich drehen und dagegen die Sterne in Ruhe ließe." —

Wenn aber angenommen wird, daß sich die Dinge nach unserm Erkenntnißvermögen oder nach den Denkgesetzen unserer Vernunft richten: fällt dann nicht jene zweite Voraussetzung weg, unter welcher nach dem Urtheile des gesunden Menschenverstandes allein ein wirkliches Wissen stattfinden kann, daß es nämlich Dinge gebe, welche unabhängig von unserm Denken und Vorstellen an sich so sind, wie sie sind? Fällt dann nicht auch, wenn sie von unserm Wahrnehmungs- und Denkvermögen ihre Form erhalten, von vorne herein der Unterschied zwischen willkührlichen Vorstellungen unserer dichtenden Phantasie und zwischen den nothwendigen und unwillkührlichen Anschauungen und Begriffen unseres Erkenntnißvermögens weg?

Hier unterscheidet Kant ganz bestimmt zwischen Stoff und Form unserer Erkenntnisse. Er spricht es geradezu aus, es sei gar kein Zweifel, daß alle unsere Erkenntniß mit der Erfahrung anfange. „Denn, fährt er fort, wodurch sollte das Erkenntnißvermögen sonst zur Ausübung erweckt werden, geschähe es nicht durch Gegenstände, die unsere Sinne rühren und theils von selbst Vorstellungen bewirken, theils unsere Verstandesthätigkeit in Bewegung bringen, diese zu vergleichen, sie zu verknüpfen oder zu trennen und so den rohen Stoff sinnlicher Eindrücke zu einer Erkenntniß der Gegenstände zu verbinden, die Erfahrung heißt? Der Zeit nach geht also in uns keine Erkenntniß vor der Erfahrung vorher und mit dieser fängt alle an."

In diesen Einleitungsworten der Kritik der r. V. ist schon ausgesprochen, was er durch das ganze Werk des weitern ausführt und mit Evidenz beweist, daß unser Erkenntnißvermögen anfänglich nur ein ruhendes, passives oder potenzielles ist, welches der Anregung durch Erziehung und Unterricht oder mit einem Worte: der Erfahrung bedarf. Es ist ein abstract formelles Vermögen, welches nur den von außen gegebenen Stoff oder die durch die Einwirkung der Dinge an sich in uns hervorgerufenen Empfindungen formt und verarbeitet. Ohne das Dasein von Dingen an sich würde also unsere Erkenntnißkraft ein vollständig leeres und abstractes Vermögen ohne allen Inhalt sein und zudem ohne alle Thätigkeit und Energie rein passiv in sich ruhend, da es erst durch Affection von außen zur Activität angeregt werden kann.

Dadurch unterscheiden sich also im Kantischen System die nothwendigen Anschauungen von den willkührlichen Vorstellungen, daß jene durch Einwirkung der Dinge an sich hervorgerufen werden, so daß wir also bei der Vorstellung derselben keiner Freiheit in ihrer Verknüpfung, sondern vielmehr eines Zwanges bewußt sind, sie so und nicht anders vorzustellen und zu denken, während diese, ein freies Spiel unserer Vorstellungskraft, selbst nach Analogie mit der Erfahrungswelt und durch Abstraction von derselben gebildet werden, so daß also auch unserm dichtenden Vermögen nothwendig Erfahrung vorausgehen muß.

„Aber wenn gleich alle unsere Erkenntniß mit der Erfahrung anhebt — sagt Kant — so entspringt sie darum doch nicht eben alle aus der Erfahrung. Denn es könnte wohl sein, daß selbst unsere Erfahrungserkenntniß ein Zusammengesetztes aus Dem sei, was wir durch Eindrücke empfangen, und dem, was unser eigenes Erkenntnißvermögen (durch sinnliche Eindrücke bloß veranlaßt) aus sich selbst hergiebt, welchen Zusatz wir von jenem Grundstoffe nicht eher unterscheiden, als bis lange Uebung uns darauf aufmerksam und zur Absonderung desselben geschickt gemacht hat. Es ist also — fährt er fort — eine der nähern Untersuchung noch benöthigte Frage, ob es eine dergleichen von der Erfahrung und selbst von allen Eindrücken der Sinne unabhängige Erkenntniß oder Erkenntnisse a priori gebe."

Durch weitere Zergliederung und durch Abstraction von allem Empirischen fand nun Kant in der That, daß es für die Wahrnehmung der Dinge außer uns zwei reine Anschauungsformen — Raum und Zeit — und für die Erfassung ihres Wesens zwölf Stammbegriffe des reinen Verstandes gebe, die er auch Kategorien nannte.

In diesen Formen und nach diesen Gesetzen, welches die Gesetze und Formen unseres anschauenden und denkenden Geistes selber sind, müssen wir alle Dinge denken und anschauen — nach diesen müssen sich die Dinge richten.

Von diesem Standpunkte aus löste er nun das Problem, wie ein wirkliches Wissen und Erkennen möglich sei, welches Problem er selbst in der Frage formulirt hatte: „Wie sind synthetische Urtheile a priori möglich." Denn wie wir gesehen, mit der Voraussetzung, daß unser Erkenntnißvermögen sich schlechthin nach den Dingen richte, sind keine synthetischen, sondern nur analytische Sätze und daher kein wirkliches Wissen möglich. Das Wissen setzt ja ein Erhabensein über die in der Erfahrungswelt vorliegende Vielheit, ein Abstrahirenkönnen des Wesentlichen vom Zufälligen, also freie Trennung und Verknüpfung der Begriffe voraus. Dies ist aber nur möglich, wenn das uns immanente Denkgesetz, wonach dieses geschieht, die Vernunft, ursprünglich über den Dingen steht und ihr Gesetz das präformirte Gesetz auch der Dinge selbst ist, und diese nach ihr, als ihrem Prototyp, gebildet sind, so daß sie sich in ihnen gleichsam als in ihrem Abbilde oder Spiegelbilde selbst wiedererkennt.

Dies hat aber Kant nicht bewiesen, sondern nur behauptet. Weil es eine Erfahrung giebt, diese aber nicht anders als dadurch möglich ist, daß sich die Dinge nach unserem Erkenntnißvermögen richten — so müssen sie sich also auch darnach richten. Dabei bleibt aber gänzlich unbekannt, was die Dinge an sich sind; es ist nur so viel bewiesen, daß, wenn sie mit unserm Erkenntnißvermögen in Beziehung stehen, sie nur nach den Gesetzen desselben aufgefaßt werden können.

Wie es ferner möglich ist, daß von unserm Geiste ganz verschiedene Dinge (Dinge an sich) doch auf denselben einwirken sollen, wird nicht erklärt. Ferner erkannte man doch wieder nicht das Ding, wie es an sich sei, sondern nur, wie es für uns subjectiv erscheint. Denn mit welchem Sinnesorgane ich damit in Berührung treten mag: immer kann ich es nur durch dasselbe und nach der seinen Functionen zu Grunde liegenden subjectiven Norm und Form auffassen, nie kann ich außer mich hinaustreten und mich so unmittelbar mit dem Ding an sich in Rapport setzen. So war also die ganze Welt in eine Erscheinung aufgelöst, die zwar ihrem Inhalte nach nicht subjectiver Schein war — denn es liegt ihr das Ding an sich zu Grunde — die aber ihrem wahren Kern und Wesen nach dennoch unbekannt blieb. Denn nicht in ihrer absoluten Realität nach Form und Inhalt zumal wird

sie von uns percipirt, sondern es ist nur die Form oder Erscheinung, wie sie sich in unserm Wahrnehmungsorgane, den Sinnen, gleichsam in einem künstlich construirten Hohlspiegel bricht und reflectirt. Was hinter dieser äußern Erscheinung das wahre Wesen sein möge, bleibt uns unbekannt. Hier gilt der Satz: „In's Innere der Natur bringt kein erschaffener Geist."

Wenn aber Kant auch behauptet, man müsse sich mit dieser Erkenntniß der Erscheinungswelt begnügen, weil in ihr unsere Denkgesetze schlechthin giltig, und das durch sie Erfaßte vollkommen gewiß und sicher sei; was aber das Ding an sich sein möge, brauchten wir gar nicht zu wissen, genug, daß seine Erscheinung für uns diese bestimmte und keine andere sei: so war damit

doch der Stachel der Ungewißheit und des Zweifels nicht hinweggenommen.

Es konnte sich vielmehr im leeren Raum hinter dieser Außenseite der Erscheinungswelt, gleichsam hinter den Coulissen, die wildeste Phantasmagorie breit machen. Wenn wir nicht die Dinge an sich wahrnehmen, sondern wenn sie jedem sich so darstellen, wie sie sein subjectives Organ ihm vorspiegelt: dann giebt es ja eigentlich gar keine Realität und objective Wirklichkeit, es ist ja Alles nur Scheinwesen, jeder spiegelt sich am Ende Dinge vor, die es nie und nirgends giebt, und unser ganzes Leben ist ein dumpfer, schwerer Traum, in dem die nichtigen Ausgeburten unserer Subjectivität wie ein Alp sich uns auf die Brust legen, daß wir schwer aufstöhnen, oder als Gespenster auf- und abwandeln und uns aus dem Nichtsein, in dem wir ruhig geschlummert, in ein fieberhaftes Bewußtsein emporschrecken.

Das ist in der That jene Weltanschauung, welche gerade neben und trotz der kritischen Philosophie Kant's sich breit macht, die man als Weltschmerz bezeichnet hat — eine Stimmung, die eine ganze Literaturperiode beherrscht, ja geschaffen hat. Kant hat der Erkenntnißkraft die Superiorität eingeräumt über die Dinge, die sich nach ihr richten müssen. Aber da er das Ding an sich nicht wegräumt, so ist sein Standpunkt ein dualistischer oder zwiespältiger, und nothwendig geht die menschliche Vernunft darüber hinaus und frägt trotz dem Verbote des Philosophen sich um das Ding an sich zu kümmern: „Welches ist das Verhältniß zwischen erkennendem Ich und Ding an sich?“ Und da die Kantische Philosophie das Ding an sich anerkannt, setzt es der praktische Verstand mit seinem Recht wieder an die erste Stelle gegenüber einer bloß erscheinenden Objectivität und einer subjectiven Erkenntniß, die gleich jener wohl auch nur Erscheinung sein wird. Das Kantische Ding an sich ist nach Auffassung des praktischen Verstandes nichts Anderes, als was er von jeher unter Natur oder Naturkraft (natura naturans gegenüber der natura naturata als Erscheinung) verstanden hat. Von der Natur aber hängt es vollkommen ab, ob sie uns mit gesunden oder verkrüppelten Anlagen ausstattet, und da sie jetzt mit dem Ding an sich identificirt wird, so ist sie nicht allein das bunkle Fatum unseres äußeren Lebens, sondern auch die unheimliche Macht, die in unser innerstes Wesen, in unsere Erkenntniß- und Willenskraft sich einbrängt und uns in unserm eigensten Selbst bedroht, da wir als endliche, abhängige Wesen von ihr auch unsere Erkenntniß-, ja selbst Willenskraft haben, so daß also, was wir als freies Ich selbst zu sein glauben, eigentlich doch wieder nur sie ist. Daraus erklärt sich benn jene Schwermuth und Wehmuth, jene Unzufriedenheit und Verzweiflung an sich selbst, jenes Anklagen des Schicksals, das aus so vielen Stellen Byron's, Jean Paul's und Lenau's (Blockhaus), besonders auch aus Göthe's Werther und Schiller's philosophischen Briefen bald elegisch, bald tragisch uns entgegenklingt.

Es zeigt sich also, daß auch Kant's Theorie ben forschenden Geist nicht zu befriedigen vermag, daß er insbesondere immer wieder auf die Frage zurückgetrieben ward, was dieses geheimnißvolle, ihn in seinem eigenen Wesen zu vernichten drohende dunkle Ding an sich eigentlich sein möge.

Wenn man nun von allen Eigenschaften eines Erscheinungsbinges abstrahirte, um hinter sein eigentliches Wesen, auf sein Ansich, zu kommen, zuerst von den sogenannten secundären Eigenschaften, wie: Wärme, Farbe, Geschmack ꝛc., so blieben noch die primären, die mathematisch erkennbaren, nämlich: Ausbehnung, Unburchbringlichkeit, Größe, Dauer. Allein auch diese suborbiniren sich zuletzt ben allgemeinen Schematen aller sinnlichen Anschauung — Raum und Zeit — und da auch diese subjective apriorische Zuthat unseres Geistes sind: so bleibt von der gesammten Erscheinung nichts mehr übrig, was nicht aus ben Gesetzen unserer subjectiven Anschauung folgte: Das Ding an sich ist für uns unerfaßbar. die ganze Erscheinung, wie (quomodo) sie sich **ihrer Form nach** zeigt, ist **subjectiv**; **objectiv**, von uns unabhängig, ist nur das **Daß** der Erscheinung — die anregende Einwirkung auf unser receptives Erkenntnißvermögen, die Empfindung der Nöthigung so und nicht anders vorstellen zu müssen — **der Stoff der Empfindung.**

Wir können also a priori aus der Vernunft ableiten, wie (quomodo) — unter welchen allgemeinen Formen — alle mögliche Erfahrung, wenn sie gegeben ist, sich uns nothwenbig barstellen müsse. Der Begriff der Dinge oder ihre **essentia** läßt sich **a priori beweisen,** Wir können nur die essentia (ben Begriff) der Dinge, nicht aber ihre Existenz a priori beweisen. nicht aber ihr **Dasein, existentia.** Dies ist von unserer Erkenntniß unabhängig, muß uns gegeben werden — und „aus der bloßen Vorstellung eines Dinges läßt sich auf keine Weise die Existenz herausklauben.“ (Daher muß er folgerichtig den ontologischen Beweis der Existenz Gottes verwerfen).

Mit biesem **Dualismus** nun zweier von einander unabhängigen Principien — unseres Erkenntnißvermögens, wovon die Form der Erfahrung, und bes Dings an sich, wovon der Stoff besselben bedingt ist — muß Kant die gesammte Vernunftwissenschaft — Wegen Mangel eines einheitlichen Princips muß er die Metaphysik preisgeben die Metaphysik — preisgeben und dies bloß barum, weil er nicht aus den letzten Gründen nachwies, warum sich die Dinge nach bem erkennenden Geist richten müssen.

Er hatte diese Behauptung nur aufgestellt, weil sonst keine Erfahrung möglich wäre; es giebt aber factisch eine Erfahrung, also tritt diese Behauptung ohne weiters in Kraft. Anders verhält es sich aber bei der übersinnlichen Welt oder im Gebiet des Metaphysischen. Denn der Verstand mit den nach seinen Kategorieen entworfenen Begriffen und Urtheilen bezieht sich ausschließlich auf Erfahrungen, und so erhalten diese in der Sinnenwelt ihren Inhalt und ihre Bestätigung. „Die Vernunft aber beschäftigt sich bloß mit sich selbst und brütet über ihren eigenen Begriffen." „Alle reinen Verstandeserkenntnisse haben das an sich, daß sich ihre Begriffe in der Erfahrung geben und ihre Grundsätze durch Erfahrung bestätigen lassen, wogegen die transscendenten Vernunfterkenntnisse sich weder, was die Ideen betrifft, in der Erfahrung geben, noch ihre Sätze sich jemals in der Erfahrung bestätigen oder widerlegen lassen; daher der dabei einschleichende Irrthum durch nichts anderes als durch reine Vernunft aufgedeckt werden kann."

können die Ideen Gottes, der Freiheit, Unsterblichkeit nicht theoretisch bewiesen werden.

Und so zeigt er denn wirklich aus reiner Vernunft, daß die Vernunft bei den drei Ideen, die ihr Object oder ihren Inhalt bilden: Gott, Welt und Ich (Glückseligkeit, Unsterblichkeit, Freiheit), wenn sie dieselben beweisen wolle, sich täusche und Sünden gegen die Logik begehe in Paralogismen und Antinomieen, und daß also diese drei Ideen, welche man, so wie sie das Wesen der Vernunft in der That constituiren, bisher auch für die alles Wissen constituirenden Principien gehalten hatte, keine constitutive, sondern nur regulative Geltung haben, d. h. nur solche, „die theils die besorglichen Anmaßungen des Verstandes zurückhalten, theils ihn selbst in der Betrachtung der Natur nach einem Princip der Vollständigkeit, das er aber nie erreichen kann, leiten soll."

Damit war nun, wie Hegel sagt, der merkwürdige Fall eingetreten, daß ein gebildetes Volk eine Zeit lang ohne alle Metaphysik war, was aber freilich nicht zu lange andauern konnte, weil die Vernunft, wie Schelling bemerkt, unabweislich auf Einem Princip des Seins und Erkennens bestehen muß.

Es finden sich auch bereits durch Kant selbst bedeutungsvolle Winke gegeben für die Richtung, welche die Philosophie nach ihm nehmen sollte. So bemerkt er einmal gelegentlich in der ersten Auflage der Kritik der reinen Vernunft: „Das Ding an sich und das erkennende Ich dürften wohl im letzten Grunde nicht sogar verschieden sein." Ferner: „Wenn ich das denkende Subject wegnehme, muß die ganze Körperwelt wegfallen, als die nichts ist als die Erscheinung in der Sinnlichkeit unseres Subjects und eine Art Vorstellung derselben." —

In diesen Worten spiegelt sich recht anschaulich der ganze Charakter der Kant'schen Philosophie, der, wie er im theoretischen Theile dem erkennenden Geist insoferne die Superiorität einräumt, als sich das zu erkennende Object nach seinen Gesetzen richten muß, aber doch Ich und Ding an sich unvermittelt neben einander bestehen läßt: so auch für das ganze System kein einheitliches Princip hat, das den theoretischen und praktischen Theil zusammenhielte. Vielmehr was im theoretischen Theil als unbeweisbar und sich selbst widersprechend dargestellt worden war — die Ideen der Freiheit, Unsterblichkeit und Gottes — das tritt im praktischen Theil als Postulat der Vernunft an die Spitze. Wir sind uns nämlich des Sittengesetzes oder des kategorischen Imperativs in uns unmittelbar bewußt, und da die Realisirung desselben ohne Freiheit nicht denkbar und so auch Vernunft selbst nicht möglich wäre: so fordert die Vernunft selbst, daß Freiheit sei. Weil nun das Sittengesetz in keiner Zeit absolut realisirt wird, sondern

Die Freiheit wird dem praktischen Theil als Postulat an die Spitze gestellt;

nur eine unendliche Annäherung an dieselbe möglich ist, so muß Unsterblichkeit stattfinden; und weil aus dieser Realisirung nicht unmittelbar die Glückseligkeit fließt, dem moralischen Subject aber doch ein unabweisbarer Drang nach ihr innewohnt, so muß es ein absolutes Wesen geben, das beide Forderungen der Menschennatur absolut befriebigt und ausgleicht — das höchste Gut oder Gott. Diese drei Ideen hängen also unauflöslich zusammen, und keine kann aus diesem Zusammenhange herausgenommen werden, ohne daß auch die beiben anderen illusorisch würden.von ihr aus Unsterblichkeit und Gottes Existenz gefolgert.

Die Freiheit also oder die Autonomie des Subjects hat Kant dem praktischen Theil als Princip an die Spitze gestellt und von ihr aus die beiden anderen Ideen, wenn auch nicht theoretisch, so doch in ihrer praktischen Nothwenbigkeit bewiesen.

Blicken wir nochmals zurück auf den Gang der Kantischen Philosophie und des baburch eingeleiteten tiefgreifenden und folgenschweren, man möchte sagen weltumgestaltenden Umschwungs auf dem Gebiete des Denkens und Erkennens, so ergiebt sich als das Charakteristische, daß das Hauptaugenmerk (wie einst burch Sokrates) wieder auf das Subject gerichtet — das ganze subjective Erkenntnißvermögen einer umfassenden Kritik unterzogen ward.

Als Hauptresultat dieser Kritik ergiebt sich:

a) Es giebt Erkenntnisse a priori, die in unserm Erkenntnißvermögen selbst ihren Sitz haben, und von ihnen stammt die Form aller Erfahrung.Grundzüge der Kantischen Philosophie.

b) Unsere Vernunft aber ist ein rein formelles, burchaus ruhendes Vermögen, wenn es nicht burch äußere Einwirkung zur Thätigkeit erweckt wird. Diese Anregung kommt aber von dem Ding an sich, und von diesem stammt also der Stoff der Erfahrung.

c) Alle unsere Erkenntniß hebt also mit der Erfahrung an, weil unser Erkenntnißvermögen erst burch äußere Einwirkung zur Thätigkeit angeregt werden muß.

d) Die Erfahrung selbst aber ist bemnach Product unseres Erkenntnißvermögens, welches die Form, und des Dings an sich, welches den Stoff giebt.

e) Wir erkennen baher nicht die Dinge an sich, sonbern nur beren Erscheinungen.

f) Wir können baher auch wohl die Form aller Erscheinung ober die essentia, nicht aber das Dasein eines Dinges oder die existentia a priori beweisen.

g) Unser Erkenntnißvermögen barf die Anwendung seiner reinen Stammbegriffe nur auf die Erscheinungswelt ausdehnen, weil sich hier ihre Berechtigung burch die Wirklichkeit der Erfahrung von selbst beweist. Wenn es aber diese Grenzen überschreitet und sich in das übersinnliche Gebiet wagt, verwickelt es sich in Wiberfprüche.

h) Es können bemnach die metaphysischen Ideen nicht theoretisch bewiesen werden.

i) Unmittelbar gewiß aber ist sich der Mensch seiner transscendentalen Freiheit.

Diese transscendentale Freiheit ober die Autonomie des Willens setzte Kant, wie gesagt, seinem praktischen Theil als Princip an die Spitze.

Es bleibt sonach bei ihm ein unvermittelter Dualismus bestehen zwischen Erkenntnißvermögen und Ding an sich, zwischen bem praktischen und theoretischen Theil der Philosophie.

Es ist aber eine Forderung der Vernunft, daß nur Ein Princip an der Spitze alles Seins und Wissens stehe.Die Vernunft fordert Ein Princip für alles Sein und Wissen.

Sollen wir nun wirklich erkennen, so müssen sich, das hatte Kant bewiesen, die Dinge nach unserm Erkenntnißvermögen richten; soll es zugleich ein einheitliches Princip in der Philosophie geben, so darf es also nicht in der äußeren Sphäre des Objects, im Bereich der Dinge, so muß es im Bereich des Subjects, in der Sphäre des Ich gesucht werden.

Dieses einheitliche Princip der kritischen Philosophie stellte Fichte auf, indem er das bereits bei Kant dem praktischen Theile — in der Autonomie des Willens — zu Grunde gelegte Postulat zum Princip der ganzen Philosophie erweiterte.

Er drückte es aus in dem Satze: „Das Ich setzt sich selbst und setzt im Ich (oder im Bewußtsein) dem theilbaren (oder endlichen) Ich ein theilbares Nicht-Ich entgegen."

Das Ich setzt sich also selbst, es ist schlechthin Selbstthat, causa sui, absolute Freiheit.

Das Ich setzt sich als absolute Substanz und setzt auch das Nicht-Ich oder die Welt aus dem Centrum seines Innern in die Sphäre seines Anschauens hinaus.

Somit war das unbekannte Ding an sich verschwunden, es war klar geworden, was Kant angedeutet, daß es von dem erkennenden Ich nicht verschieden, daß die Körperwelt nichts ist, als eine Erscheinung in der Sinnlichkeit unseres Subjects und eine Art Vorstellung desselben.

Der Geist war jetzt, was schon Aristoteles ausgesprochen, Princip der Wissenschaft und des Seins — aber nicht jener Aristotelische, absolut immaterielle Geist, welcher absolute Form, in sich selbst Subject-Object ist — sondern der unmittelbar mit dem Nicht-Ich, mit dem Object beschwerte individuelle Geist, das subjective Ich.

Weil er nun, obwohl er selbst ein absolutes und empirisches Ich deutlich unterschieden, auf diesen Unterschied, wenigstens in der früheren Periode, nicht weiter einging, sondern bei dem empirischen Ich stehen blieb, so mußte er sich nothwendig in Widersprüche verwickeln. Das absolute Ich ward ihm dadurch zum bloßen Gedankending des empirischen, und letzteres zum eigentlichen, Alles aus sich setzenden Absoluten.

Wie sollte aber das subjective Ich das Absolute sein, da seine Vernunft nur ein receptives, formelles Vermögen ist, und wie er selbst zugesteht, anfänglich der Erziehung und des Unterrichtes bedarf?

Ueber dieses empirische Ich hatte sich Schelling gleich bei seinem ersten Ausgangspunkte erhoben, hatte unmittelbar das absolute Ich erfaßt.

Dieses absolute Ich ist absoluter Wille, absolute Freiheit; und diese absolute Freiheit ist nichts anders, als die absolute Bestimmung des Unbedingten durch die bloßen Naturgesetze seines

Seins. Das Gesetz, das von dem absoluten Willen ausgeht, ist für denselben ein bloßes Naturgesetz, wodurch er gar nichts ausdrückt als sich selbst. Er kann insofern weder frei, noch unfrei genannt werden (in der gegenseitig ausschließenden Bedeutung von Willkühr und Zwang), sondern ist das über Beiden Stehende, Höhere.

Nur durch die unauflösliche Verbindung mit dem absoluten Ich ist die transscendentale Freiheit des empirischen Ich möglich, und das Gesetz des absoluten Willens, das für sich selbst ein bloßes Naturgesetz ist, wird im Bewußtsein des letzteren zum Moralgesetz.

So stellt sich die Schellingische Philosophie dar in ihrer ersten Gestalt, in ihrem ursprünglichen Ausgang von Fichte. Später tritt das Princip des Ich bei ihm mehr in den Hintergrund, wodurch er mehr oder minder vom Kriticismus und sich selbst abfällt und unfähig wird das System Hegel's zu widerlegen, das im Grunde wieder reiner Dogmatismus ist.

Doch dies genauer darzulegen, ist Sache einer eigenen Abhandlung. Das Ringen aber des Menschengeistes nach Auffindung des letzten einheitlichen Princips der Philosophie, nach Lösung des großen Räthsels: ob „Gottverwandtschaft und -Ebenbildlichkeit", oder „Allgottheit und Menschengöttlichkeit" — Theismus oder Pantheismus — das, wie es sich schon in den großen

Denkern der frühesten orientalischen Völker mächtig geregt, so auch insbesondere in Fichte und Schelling sowohl in ihrer ersten als auch zweiten Periode der Angelpunkt ihrer Bestrebungen und Leistungen gewesen ist: mögen hier einige bedeutungsvolle Sätze des geistesverwandten Dichters der „Weisheit des Bramanen" in ihrer poetischen Fassung unvermittelt ausdrücken, wie sie ja auch bei beiden Philosophen noch zu keiner vollkommen befriedigenden Vermittlung und endgiltigen Lösung gelangt sind.

1) Es strömt ein Quell aus Gott und strömt in Gott zurück,
Der Einstrom hohe Lust, der Ausstrom höchstes Glück.
Er strömet in dich ein durchs offene Thor der Sinnen
Und strömet aus dadurch und nimmt dich mit von hinnen.
Durchs Auge strömt er ein als Licht, daß er verkläre
Dein Innres, und entströmt verklärt als Freudenzähre.
Den Geist zu wecken strömt er ein als Ton durchs Ohr
Und strömt aus deinem Mund als Dankgebet empor.
Einströmt er dem Geruch als Lenzduft, Sehnsuchtshauch
Und strömt im Athem aus als Seufzeropferrauch.
Er strömt durch den Geschmack ins Mark und ins Gehirne
Und als Gedanke tritt er leuchtend aus der Stirne.
Er strömt als irdischer Empfindungen Gewühle
Ins Herz, und aus der Brust als himmlische Gefühle.
Du fühlest: Was du bist, ist Er in dir, nicht du,
Und strömst in dem Gefühl dich deinem Urquell zu.

2) Zieh deine Selbheit aus und an die Göttlichkeit!
Die Selbheit ist so eng, so weit die Göttlichkeit.
Sei selbst! Er selber will, daß selbst du sollest sein,
Daß du erkennest selbst, Er sei dein Selbst allein.
Erinnere dich daran! du hast es nur vergessen.
Laß dich erinnern! stets erinnert er dich dessen.
Wenn du Ihn hören willst in dir, mußt du nur schweigen;
So spricht er laut: du warst, sollst sein und bist mein eigen.

3) Baumeisterin Natur scheint für sich selbst zumeist
Zu baun und baut zuletzt doch Alles für den Geist.
Der schrankenlose Geist ist darum nur gefangen
In Schranken, um darin zur Freiheit zu gelangen.
Ein Säugling ist der Geist, Natur ist seine Amme,
Sie nährt ihn, bis er fühlt, daß er von ihr nicht stamme.
Die dunkle Mutter will ihr Kind in Schlummer halten;
Von oben bricht ein Strahl durch ihres Hauses Spalten.
Und wie der Schmetterling erwacht vom Puppentraum,
Schwingt der Gedanke frei sich über Zeit und Raum.

4) Wie könnte Denken denn und Sein verschieden sein?
Was in dir denkt, ist, dein Denken ist dein Sein.
Sein, das nicht Denken ist, hat nur sich selbst verloren
Und wird im Denken erst zu sich zurückgeboren.
Das ist, der die Natur verklären soll, der Geist;
Dein Leben ist, daß du in ihm lebendig seist.

5) Du mußt dein dunkles Selbst zum hellen Selbst erweitern;
   Nur die Verschlossenheit ist in Gefahr zu scheitern.
   Dem Ich, dem Schifflein, steht Nicht-Ich, die Klipp', entgegen,
   Und der Nothwendigkeit ist Freiheit unterlegen.
   Doch schließ' in Gott dich auf und fühl' dich unbezwinglich,
   Vom Alldurchdringlichen durchdrungen undurchdringlich.
   Das Nicht-Ich war dein Feind; nun sieh, Nichts ist als Ich!
   Worin denn fürchtetest du zu verlieren dich?

6) Du bist kein Tropfen, der im Ocean verschwimmt,
   Du fühlest dich als Geist auf ewig selbst bestimmt.
   Vom höchsten Geist fühlst du dich nicht zur Verschwimmung
   Im höchsten Geist bestimmt, sondern zur Selbstbestimmung.

7) Nicht ist das Sein zuerst und wird nachher gedacht,
   Vielmehr vom Denken erst wird Sein hervorgebracht.
   Des Denkens Vorrang vor dem Sein ist darin kund:
   Des Schöpfers Denken ist der Schöpfung innrer Grund.
   Gott denkt sich selbst und ist; du denkst dich selbst und bist,
   Bist ewig, wie Gott selbst, weil er dein Denken ist.
   Wie könnte je dein Sein im Denken untergehn,
   Da es das ist, woraus muß ewig Sein entstehn?
   Wer sagt, daß sich der Quell in seinem Strom verliert,
   Da ewig er vielmehr aus sich den Strom gebiert?

8) Was sagt Bewußtsein aus? Es sagt Bewußt und Sein;
   Von Sein und Wissen ist es also der Verein.
   Das Wissen steht zuerst, es steht das Sein zuletzt,
   Das Wissen also ist dem Sein vorausgesetzt.
   Jawohl ist meinem Sein vorausgesetzt ein Wissen,
   Ein Wissen, welchem nie mein Sein kann sein entrissen.
   Ich bin von Gott gewußt und bin dadurch allein;
   Mein Selbstbewußtsein ist, von Gott gewußt zu sein.
   Ich war nicht mein bewußt und war nicht dein bewußt,
   O Gott! und war es doch, denn du warst mein bewußt.
   Bewußtsein aber weiß nicht um sich selbst allein,
   Es weiß auch um die Welt, das wird es gleich entzwein.
   Doch die Versöhnung ist dem Streit schon eingewoben,
   Da ich die Welt und mich in Gott weiß aufgehoben.
   Nicht aufgehoben, wie sich Ja und Nein aufhebt;
   Emporgehoben, wie zur Sonn' ein Adler schwebt.
   Im Gottbewußtsein geht nicht mein Bewußtsein aus;
   Eingeht es, wie ein Kind in seines Vaters Haus.

9) Der Zweifel, ob der Mensch das Höchste denken kann,
   Verschwindet, wenn du recht dein Denken siehest an.
   Wer denkt in deinem Geist? Der höchste Geist allein.
   Wer zweifelt, ob er selbst sich denkbar möchte sein?
   In den Gedanken mußt du die Gedanken senken:
   Nur weil Gott in dir denkt, vermagst du Gott zu denken.